글 박설연

중앙대학교 청소년학과를 졸업하고, 만화 기획 및 콘티 작가로 활동했습니다.
《도와줘요, 닥터 꽁치!》로 제2회 웅진주니어 문학상 대상을 수상하며 본격적
인 동화 작가 활동을 시작했습니다. 지은 책으로는 《소파에 딱 붙은 아빠》, 《절
대 절대 안 열리는 잼뚜껑》, 《후루룩 쪽! 수상한 빨대》 등이 있습니다.

그림 김덕영

어린이들이 밝고 즐겁게 자라길 바라는 마음으로 상상력을 자극하는 유익하고
재미있는 학습만화를 만들기 위해 노력하고 있습니다. 주요 작품으로는 《천하
영웅삼국지》, 《세상을 바꾼 50인의 특강 시리즈》, 《그램그램 영문법》, 《브리태
니커 만화백과》 등이 있습니다.

유령 기차에서 탈출하라!

글 박설연 | 그림 김덕영

제시카

미스터리 비밀 단체
시크릿 에이전시의 국장.

룰라송

레너드 요원과 찰떡 호흡을 자랑하는
시크릿 에이전시의 신입 요원.

노만 다아라

레너드 요원을 질투하는
시크릿 에이전시 베테랑 요원.

치치

노만 요원에게 크고 작은
도움을 주고 있는 인물.

한스 박사

최첨단 아이템을 개발하는
시크릿 에이전시의 수석 박사.

윌리엄

골동품 가게를 운영하는
레너드 요원의 오랜 친구.

기차를 탄 레너드 요원과 룰라송 요원.

그런데 이 기차, 수상한 점이 한두 개가 아니다!

레너드 요원이 유령 기차를 의심하는 가운데,

반가운 얼굴을 만난다.

레너드 요원과 룰라송 요원은 기차의 비밀을 밝히고

무사히 탈출할 수 있을까?

— 차례 —

비밀요원 레너드 22

스티커를 오려서 〈비밀요원 레너드 22〉에 붙여 보세요!
*수첩이나 다이어리를 꾸밀 수도 있어요.

©LY Corp.

LINE FRIENDS

KC 안전확인 신고 확인증 번호 CB061H088-9005
품명 완구 모델명 비밀요원 레너드 부록 스티커 제조연월 2025. 1.
제조자명 ㈜북이심일 주소 경기도 파주시 회동길 201(문발동) 전화번호 031-955-2100 사용연령 3세 이상
제조국 대한민국 주의사항 경고 3세 미만의 어린이는 사용할 수 없음. 작은 부품을 포함하고 있음.

첫 번째 사건

도모보이를 찾아
붙여 보세요!

유령 기차에서
탈출하라!

이제 레너드 요원은 인정할 수밖에 없었어. 더 이상 노만은 시크릿 에이전시의 요원이 아니라는 사실을 말이야.

일주일이 흘렀어. 레너드 요원과 룰라송 요원은 러시아 모스크바행 기차를 타기 위해 기차역에 왔어. 러시아에서 열리는 세계 최대 규모의 미스터리 학회에 참석하기로 되어 있었거든.

뿌우! 뿌우! 뿌우우웅!

그때였어. 기차가 요란한 소리를 내며 승강장으로 들어왔어. 기차는 100년도 더 되어 보이는 낡은 증기 기관차*였지. 알고 보니 안개도 증기 기관차가 뿜어내는 연기였어.

＊증기 기관차:
　　증기의 힘으로 달리는 기차.

이상하다.
예정 시간보다
한 시간이나
일찍 도착했어요.

레너드 요원은 기차표에 나와 있는 차량 번호와 지금 도착한 기차의 차량 번호를 비교해 보았어. 하지만 연기가 너무 짙어서 기차에 붙은 차량 번호가 잘 보이지 않았어.

(기차 시간표에서 레너드 요원과 룰라송 요원이 타려던 열차가 무엇인지 찾아 봐!)

증기 기관차라니. 영화에서나 보던 건데!

기차 시간표

	도착지	출발 시간	차량 번호
①	베이징	오전 7시	C-157
②	울란바토르	오전 10시	M-489
③	모스크바	오후 2시	R-348
④	블라디보스토크	오후 6시	R-265

기차 티켓

예약자명: 레너드
좌석 형태: 일반석
출발 시간: 14:00
좌석 번호: A-11, A-12
차량 번호: R-348

모스크바행

뭉게 뭉게

"일단 타 보자, 룰라송."
룰라송 요원은 기차에 오르려는 레너드 요원을 말렸어.
이상한 점이 너무 많았거든.

룰라송, 이것 봐.
지금 이벤트 기차
운행 기간이래.

이벤트 기차요?

장난감 기차에서
증기 기관차까지!!
특별한 기차 타고 여행을 떠나 보세요!

결국 레너드 요원과 룰라송 요원은 기차를 탔어. 기차는 외관만큼 안도 무척 낡아 있었어. 의자는 색이 바래고 천장에 달린 조명은 곧 꺼질 듯 깜박였지. 룰라송 요원은 불안함을 떨칠 수 없었어.

"잠깐만요! 저 간식 살게요!"

레너드 요원은 기차 복도로 나가 간식 카트를 구경했어.

레너드 요원이 좋아하는 젤리도 있었어.

"기차 여행에는 역시 젤리지!"

레너드 요원은 정신없이 젤리를 골라 담았어.

레너드 요원은 젤리를 먹으며 창밖을 구경했어. 불안해하던 룰라송 요원도 창밖 너머로 스쳐 지나가는 풍경을 보자 마음이 풀렸지. 기차가 터널을 지날 때였어.

해골 젤리가 천천히 부풀어 오르더니 빛을 내기 시작하는
거야. 그리고 공중으로 떠올랐지. 해골들 웃음소리가 기차
안을 가득 채웠어.

레너드 요원은 무슨 일이 일어나고 있는 건지 알아내기 위해 기차 복도로 나갔어. 그사이 기차는 터널을 빠져나왔지. 마침 간식 카트를 끌던 승무원과 마주쳤어.

"저기요! 젤리에 무슨 짓을 하신 거예요!"

그런데 아까까지 공중에 떠 있던 젤리들이 언제 그랬냐는 듯 바닥에 떨어져 있는 거야.

게다가 오히려 승무원이 레너드 요원에게 화를 내는 게
아니겠어?
"이봐, 너! 젤리를 바닥에 흘리면 어떡해!"
"제가 흘린 게 아니에요!"
레너드 요원은 황당했지.

맞아요!
문도 저절로 열렸어요!

해골 젤리가 저절로
떠올랐다가 떨어진 거예요!

그 전에 젤리를
다 먹어 치웠어야지!

"어서 바닥을 치우지 못해!"

승무원이 언성을 높였어. 그러고는 품에서 수첩과 볼펜을
꺼냈어.

"안 되겠다!"

진상 승객 명단에
올려야겠어. 초록 왕눈이
너, 이름이 뭐야?

네? 전…
레너드인데요.

저는
룰라송이요.

삐질

레너드?
낯익은 이름이군.

하는 수 없이 레너드 요원과 룰라송 요원은 바닥에 떨어진 젤리와 쓰레기들을 주웠어.

승객들의 이야기를 들은 레너드 요원이 중얼거렸어.

"그 승무원 말이야, 어디서 본 것 같아."

룰라송 요원도 맞장구를 쳤어.

"맞아요! 분명 처음 보는 사람인데 아주 익숙한 느낌이었어요. 유독 청소에 집착한다라…."

승무원으로 변신!

덥수룩한 털

쿠키를 좋아함

집안일 요정 도모보이!

기차를 더럽혔다며 화를 내던 승무원은 러시아에서 만났던 집안일 요정 도모보이였던 거야!

레너드 요원과 롤라송 요원은 다급히 승무원을 찾았어.
이내 복도 끝에서 쿠키를 먹고 있는 승무원을 발견했지.
"도모보이 님 맞죠?"
승무원은 쿠키를 먹다 말고 레너드 요원을 빤히 바라보았
어. 그리고 무언가 기억난 듯 손가락을 튕겼어.
"아! 그리고 보니 너희는 나를 구해 줬던 녀석들이네!"

"어떻게 된 거예요? 그때 갑자기 사라져서 얼마나 놀랐다고요. 고향인 러시아로 가는 거예요?"

레너드 요원이 물었어. 도모보이는 잠시 주변을 살피더니 아주 작은 목소리로 속삭였어.

러시아로 가는 열차를 탄 건 맞는데, 한 달째 집에 못 가고 있어.

네에???

척척 폭폭

이 기차는 끊임없이 달리기만 하거든.

레너드 요원과 룰라송 요원은 깜짝 놀랐어.

"가끔 서긴 하는데, 역이 아니야. 나도 이 기차가 어디로
가는지 모르겠어. 여기 탄 승객들도 모른대. 터널 속을 달릴
때면 아까처럼 해골 젤리가 번쩍 빛을 내며 떠올라! 사람들
하는 말이 이 기차는…."

레너드 요원은 긴장한 표정으로 침을 꿀꺽 삼켰어.

코골이의
유령 기차래.

소곤소곤

코골이요?

코골이의 유령 기차는 들어 본 적 없었어. 하지만 유령 기차 이야기라면 레너드 요원도 알고 있는 게 있었지.

혹시 고골의
유령 기차 말씀하시는
거예요?

러시아의 유명 작가
니콜라이 고골이요!

코골이가 아니라
고골이야?

아하

"네. 룰라송 말처럼 고골은 러시아의 유명 작가예요. 그의
유령이 탄 기차가 있대요."
레너드 요원이 설명했어.

마침 제 가방에
니콜라이 고골 책이
한 권 있어요.

니콜라이
고골

보여드릴게요!
저희 객실로
가요.

룰라송 요원은 가방에서 니콜라이 고골의 책을 꺼냈어.
"요즘 러시아 문학에 푹 빠졌거든요. 지금 읽고 있는 고골
소설은 〈외투〉예요."

고골의 대표적인
작품 중 하나죠.
여기 책에 작가 소개도
있어요.

니콜라이 고골은 1809년에 태어났다.
아버지의 영향으로 어릴 때부터
문학을 좋아했다. 〈코〉 〈마차〉 〈감찰관〉
〈외투〉 등 다양한 환상 소설과 희곡을
썼으며, 문학적으로 높은 평가를 받고 있다.

이처럼 고골은 많은
작품을 남겼어요. 그리고
1852년, 생을 마감했죠.

"고골은 모스크바에 있는 공동묘지에 묻혔어요. 시간이 흐른 뒤, 공동묘지가 철거되면서 고골의 묘지도 다른 곳으로 옮기게 되었죠. 그래서 고골의 무덤을 팠는데 놀라운 광경이 펼쳐졌어요."

두개골: 머리를 이루는 뼈를 통틀어 이르는 말.

두개골이 저절로 움직여
무덤 밖으로 나가기라도 했단 거야?

아뇨. 누군가 그의 두개골을 훔쳐 간 거예요.
큰돈을 받고 수집가에게 팔기 위해서요.

"예상했던 대로 고골의 두개골은 수집가에게 팔려 갔어요. 고골의 친척인 어느 해군 장교가 소식을 듣고, 수집가를 찾아갔죠."

"마침내 장교는 고골의 두개골을 되찾았어요. 그리고 모스크바로 가는 동료 장교에게 부탁했어요."

"휴. 고골이 다시 고향으로 돌아가게 돼서 다행이에요."

룰라송 요원이 안도했어. 레너드 요원은 고개를 절레절레 저었어.

"아니. 고골은 고향으로 돌아갈 수 없었어. 왜냐하면….."

룰라송 요원과 도모보이는 긴장한 표정으로 레너드 요원 의 다음 말을 기다렸어.

나 화장실 좀 다녀올게!

이봐, 지금 장난 칠 분위기 아니라고!

놀랐잖아요!

버럭

후다닥

"그런데 레너드 요원님, 혼자 가실 수 있으세요?"

"그럼! 룰라송, 나를 뭘로 보는 거야!"

큰소리 치고 나오긴 했지만, 사실 레너드 요원은 조금 무서웠어. 이 수상한 기차에서 또 무슨 일이 일어날지 알 수 없었으니 말이야.

얼른 다녀와야겠다.

레너드 요원은 빠른 걸음으로 화장실에 다녀왔어. 다시 객실로 향하는 길, 레너드 요원은 이상한 기운을 느꼈어. 분명 뭔가 달라져 있었어.

(레너드 요원이 화장실 가기 전과 다녀온 후 기차 복도에서 달라진 부분을 찾아 봐!)

으악!!!

여기는 레너드,
유령 기차를 탄 것
같다. 빠른 구조
바란다.

시크릿 에이전시에 구조 요청을 한
레너드 요원은 룰라송 요원과 도모보
이가 있는 객실을 향해 달렸어.

방금 비명 소리를
들은 것 같은데,
무슨 일 있으세요?

룰라송과
도모보이 님은
그대로잖아?

레너드 요원은 마음을 가다듬고 다시 늙고 창백한 얼굴을 한 사람들이 있는 객실로 갔어.

레너드 요원은 만약의 사태를 대비해 복도 벽에 있던 대걸레를 챙겨서 객실로 돌아왔어.

"레너드 요원님, 그 대걸레는 뭐예요?"

"청소가 필요할 수도 있으니까. 어디까지 얘기했지?"

"기차가 터널을 지나갈 무렵, 갑자기 자리에서 벌떡 일어났어요. 그러고는 사람들 앞에서 두개골을 꺼내 보이며 거만하게 외쳤죠."

"그런데 갑자기 장교가 들고 있던 두개골이 움직이는 거예요! 피까지 뚝뚝 흘리면서 말이에요. 눈동자는 없었지만, 두개골은 마치 승객들을 노려보는 것 같았대요."

"때마침 기차가 역에 멈춰 서고, 사람들은 기차 밖으로 뛰쳐 나갔어요. 이윽고 기차는 다시 출발했어요. 고골의 두개골을 태운 채로 말이에요."

그 후 기차의 행방은 찾을 수 없었어요. 기차에는 도망치지 못한 승객 백여 명이 있었는데, 그들도 사라져 버렸어요.

고골은 알고 있었지만, 이런 무시무시한 이야기가 있는 줄은 몰랐어요.

그럼 기차는 어디로 갔을까?

"이따금 고골의 유령 기차를 봤다는 사람이 나타났어요. 기차는 철로가 없는 곳을 달리거나 사람을 치고 가기도 했죠. 지금도 유럽 어딘가를 떠돌고 있을지 몰라요."

레너드 요원 일행이 탄 기차는 다시 길고 긴 터널 안으로 들어섰어.

제시카 국장의 목소리가 점점 희미해지더니, 갑자기 전화가 끊어졌어.

"이 기차, 시간과 공간을 뛰어넘어 달리고 있어. 지진으로 인한 강력한 자기장* 때문에 그렇게 되었다는 설도 있긴 하지만…."

* 자기장: 자석의 성질이나 힘이 미치는 공간.

"늦은 밤 화장실 청소를 하고 있을 때였어. 갑자기 기차가 멈추는 거야! 확인해 보니, 이 기차는 매일 일정한 시간에 멈췄어. 밤 열두 시에."

도모보이 말에 레너드 요원과 룰라송 요원은 마주 보며 고개를 끄덕였어.

그럼 오늘 밤 열두 시에도,

기차가 멈추겠군요.

"아마 그럴 거야. 기차가 멈추고 나면 달콤한 쿠키 냄새가 솔솔 나기 시작해. 그 냄새를 따라간 적이 있는데, 맨 앞 칸에서 나는 것 같더라고. 잠시 후 기차가 출발하고 천장에서 쿠키가 떨어졌지."

내가 이 쿠키 때문에 기차 청소를 그만두지 못한다니까.

"그런데 도모보이 님은 어쩌다 이 기차에 타게 된 거예요? 게다가 간식 파는 일까지 하고 계시잖아요?"
레너드 요원이 물었어. 도모보이는 주저주저하며 다시 품에서 무언가를 꺼냈어.

초대장을 받았어. 여기….

레너드 요원은 문득 초대장 봉투에 붙은 우표가 눈에 들어왔어. 조심스럽게 우표를 떼어 내 보았지.

"맨 앞 칸을 조사해 봐야겠어. 쿠키 냄새가 나는 것도 그렇고 앞 칸이 수상해. 거기에 허니비가 있을 수도 있어."

레너드 요원이 옆 칸으로 향하는 문의 손잡이를 잡았을 때였어.

도모보이가 한숨을 쉬며 말했어.

"이 기차, 칸마다 문에 엄청나게 강한 전기가 흐르고 있어. 문을 열더라도 문 전체에 흐르는 전기 때문에 옆 칸으로 건너가진 못할 거야."

"도모보이 님 뒤에 바짝 붙어 따라간다면?"

열두 시가 가까워질수록 레너드 요원과 룰라송 요원은 긴
장이 됐어. 열두 시가 되자 도모보이 말대로 기차가 멈추었
어. 레너드 요원은 잽싸게 기차에서 내렸어.

지금이
앞칸으로 갈 수 있는
유일한 기회야!

"푸하하! 바보들. 유령 기차에 자기 발로 타다니."
"도모보이는 쿠키에 낚여 청소 중이고 말이야."
"그 초대장을 진짜 믿다니."
"자, 이제 아침이 밝으면 헬기가 올 거야. 이 애송이들을
헬기에 태워 미스터리 수용소로 보내면 임무 완료!"

* 점령: 어떤 장소를 차지함.

레너드 요원은 허니비에게 들킬세라 빠르게 기차에서 내렸어. 널브러져 있던 허니비 응집기에 발이 걸린 바람에 기차 밖으로 굴러떨어졌지.

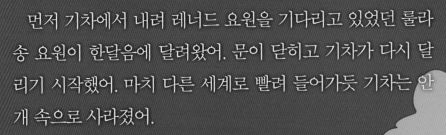

먼저 기차에서 내려 레너드 요원을 기다리고 있었던 룰라 송 요원이 한달음에 달려왔어. 문이 닫히고 기차가 다시 달리기 시작했어. 마치 다른 세계로 빨려 들어가듯 기차는 안개 속으로 사라졌어.

"앗! 저들은 강시 남매!"

레너드 요원님, 괜찮으세요?

'이러고 있을 때가 아니야. 더 많은 미스터리 존재가 납치 되기 전에 시크릿 에이전시에 알려야 돼.'

레너드 요원은 퉁퉁 부은 발과 파랗게 멍이 든 엉덩이를 번갈아 문지르며 보고서를 썼어.

긴급 미스터리 요원 보고서

사건명 : 고골의 유령 기차

사건번호 : RO-T527410   사건장소 : 러시아

★ 사건결과 ★

학회에 가기 위해 탄 기차에서
이상한 현상이 계속 일어났다.
기차 안에서 집안일 요정 도모보이도 다시 만났다.
도모보이는 기차에 관한 여러 정보를 알려 주었다.
우리가 탄 기차는 고골의 유령 기차로 추정되며,
현재 허니비에 의해 점령당한 상태다.
허니비가 기차로 미스터리 존재들을 납치하고 있으므로
본부의 지원이 필요하다.

두 번째 사건

쥐로 변한
룰라송을 찾아
붙여 보세요!

변신하는 들쥐의
정체를 밝혀라!

며칠 후, 시크릿 에이전시 긴급 회의가 열렸어.

회의가 끝나고, 레너드 요원과 제시카 국장만 남아 있는 회의실에 누군가 들어왔어. 바로 도모보이였지!

"도모보이 님, 어서 오세요. 회의 끝날 때까지 기다리느라 지루하셨죠?"

레너드 요원이 도모보이를 반갑게 맞았어. 마치 도모보이가 나타날 줄 알고 있었다는 듯이 말이야. 도모보이는 유령 기차에서 어떻게 탈출할 수 있었던 걸까? 그리고 왜 시크릿 에이전시에 있는 걸까?

도모보이는 시크릿 에이전시의 보호를 받으며 다시 러시아로 돌아갔어.

레너드 요원과 룰라송 요원은 곧장 대한민국에 있는 충청남도 부여로 갔어. 늦은 밤, 부여에 도착한 두 사람은 민박집*에 짐을 풀었어.

시간이 늦었으니 오늘은 푹 쉬어야지.

레너드 님, 낮에 드신 김밥 어떠셨어요? 제가 직접 싼 거예요.

*민박집: 돈을 내고 묵는 가정집.

어? 맛… 있었어.

우물쭈물

다음 날 아침, 레너드 요원은 부엌에서 들리는 요란한 소리에 잠에서 깼어. 부엌에 가 보니 룰라송 요원이 김밥을 싸고 있었어.

룰라송! 간밤에 요리 연습이라도 한 거야?

김밥은 자신 있어요! 소고기 김밥 싸는 중이니까 기대하세요!

레너드 요원님, 제가 김밥 싸는 동안 제 방에서 가방 좀 챙겨 주시겠어요?

응. 그렇게.

레너드 요원은 지난밤 룰라송 요원이 묵었던 방으로 갔어. (방에서 룰라송 요원의 물건을 찾아 봐!)

레너드 요원과 룰라송 요원은 모든 준비를 마쳤어. 이제 미스터리 서클을 조사하러 가기만 하면 됐지. 막 대문 밖을 나서려는 찰나, 민박집 주인이 나타났어.

밤새 불편한 건 없었고?

네. 방도 깨끗하고 주변도 조용해서 아주 잘 잤어요.

다행이에요, 레너드 요원님. 이제 다리는 다 나으셨나 봐요.

다리?

레너드 요원은 뭔가 이상함을 느꼈지만, 일단은 넘기고 룰라송 요원과 함께 미스터리 서클이 있다는 곳으로 향했어.

"누구야!"
레너드 요원은 인기척에 몸을 휙 돌렸어.

나야~! 다리 아프다며.
좋은 파스가 있어서
이거 주려고 왔지.

걸음이 엄청
빠르시네요.

"내가 달리기를 좀 잘해. 그럼 이만 가 볼게!"
민박집 주인은 파스만 건네고 엄청난 속도로 사라졌어.

나보다 민첩하고
빠르신걸?

후
다
닥

드디어 미스터리 서클을 찾았어. 하지만 여느 미스터리 서클과 달랐지.

레너드 요원과 룰라송 요원은 미로 안에 꼼짝없이 갇혀
버리고 말았어.
"도대체 어디가 출구인 거야? 너무 복잡해!"
레너드 요원이 당황하고 있을 때였어.

미스터리맨!
여긴 어쩐 일이에요?

레너드 님을
깜짝 놀라게 해 주려고 왔죠!
사실 룰라송 님의
도움을 조금 받았어요.

오랜만에 레너드 님을
보러 가려는데,
어디로 가면 될까요?

미스터리 서클을
조사하기 위해
한국의 부여로
갈 예정이에요.

"그런데 지금 조사 중이신 거예요?"
미스터리맨이 레너드 요원에게 물었어.
"미스터리 서클을 조사하러 왔는데, 보시다시피 미로에 갇혔어요."
"제가 도와드릴게요."

땅 밑으로 탈출하면 돼요.
저만 따라오세요.

슬금
슬금

레너드 요원과 룰라송 요원은 미스터리맨을 따라 땅속을
요리조리 오갔어. (미스터리맨을 따라 땅속 미로를 탈출해 봐!)

미스터리맨이 땅속 지리에 아주 밝았기 때문에 쉽게 탈출
할 수 있었지.

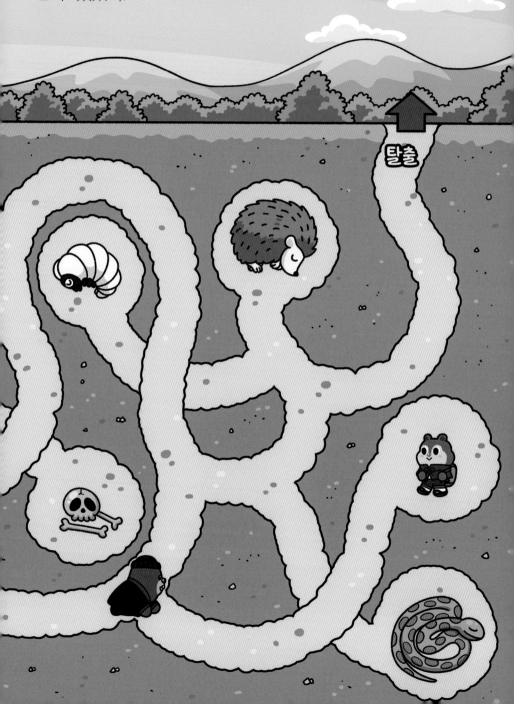

드디어 미로 탈출 성공! 땅 밖으로 나온 레너드 요원은 룰라송 요원을 보고 깜짝 놀랐어.

레너드 요원은 주머니에 있던 젤리를 꺼내 먹으며 룰라송 요원을 기다렸어.

"앗! 역시 미스터리맨 님은 예리해요. 사실 룰라송이…."
레너드 요원이 뒷말을 잇기도 전에 미스터리맨이 말했어.

너무 이상하죠?

미스터리맨 님도 느끼셨나요?

"오늘 아침부터 이상했어요. 룰라송은 요리를 정말 못해요. 칼질도 서툴고요. 그런데 오늘 부엌에서 능숙한 솜씨로 김밥을 싸는 거예요."

원래 룰라송이 싼 김밥

오늘 룰라송이 싼 김밥

"그리고 룰라송이 제가 다리 다친 걸 알고 있었어요. 저는 룰라송한테 지난 작전에서 다리를 다쳤다는 사실도, 어떻게 다쳤는지도 말한 적이 없거든요."

정말 이상하군요.

미스터리맨은 코를 킁킁거리며 말했어.
"저는 룰라송 님한테 이상한 냄새를 맡았어요. 땅속에서 늘 맡던 냄새요. 쥐에게서 나는 냄새 같았어요."

그리고 땅속이 아주 익숙해 보였어요. 저보다 길을 더 잘 아는 것 같던데요.

맞아요! 저도 그 점이 이상했어요.

레너드 요원은 지금까지 느낀 룰라송 요원의 수상한 점을
정리해 보았어.
"룰라송의 말과 행동이 전과 다르다. 땅속 길을 잘 알고,
몸에서 쥐 냄새가 난다?"

룰라송 님이
쥐로 변했나?

반대로 쥐가
룰라송으로
변신했을 수도
있죠.

뿡

"하지만 쥐가 어떻게 변신을 하겠어요. 손톱을 먹은···."
레너드 요원은 말을 다 잇지 못하고 무언가 생각난 듯 손바닥을 맞부딪쳤어.

손톱이에요!
오늘 아침 룰라송 방에서
손톱 깎은 흔적을 봤어요.
손톱을 먹은 거라고요.

우웩! 누가
손톱을 먹어요?

레너드 요원은 사뭇 진지한 얼굴로 말했어.

"쥐요. 들쥐가 먹어요."

미스터리맨은 믿기지 않는다는 듯 되물었어.

"쥐가… 손톱을 먹는다고요?"

"네. 손톱 먹은 들쥐 이야기도 있잖아요."

"손톱 먹은 들쥐라니 궁금해지네요. 알려 주세요, 어떤 이

야기인지."

하루는 도령이 절에서 손톱을 깎고 있는데 스님이 다가와 말했어요.

하지만 도령은 스님의 말을 귀담아듣지 않았어요.

얼마 뒤, 공부를 마치고 다시 집으로 돌아온 도령은 깜짝 놀랐어요. 이미 집에는 자신과 똑같이 생긴 사람이 있었거든요.

가족들은 누가 진짜인지 가리기 위해 두 도령을 시험해 보기로 했어요.

> 우리 가문 사람이라면 알 법한 문제를 낼 테니 한번 맞혀 보거라.

놀랍게도 가짜 도령이 문제를 더 많이 맞혔어요. 결국 진짜 도령은 쫓겨나게 되었죠.

> 아버지! 어머니! 제가 진짜입니다!

절로 돌아간 도령은 스님에게 도움을 청했어요.

> 고양이를 데리고 다시 집으로 가 보시지요.

도령은 스님 말대로 고양이와 함께 다시 집으로 갔어요. 고양이는 누가 말릴 새도 없이 도령에게 달려들었어요.

"그러자 가짜 도령은 순식간에 들쥐로 변했어요. 진짜 도령이 버린 손톱을 먹은 들쥐가 도령과 똑같이 생긴 사람으로 둔갑*한 거였죠."

*둔갑: 자기 몸을 감추거나 다른 것으로 바꾸는 것.

그런데 어떻게 가짜 도령이 가족들이 내는 문제를 맞힐 수 있었던 거예요?

쥐는 집안에 숨어 살면서 몰래 사람들 이야기를 엿들어요. 그래서 집안 사정을 훤히 알 수 있었던 거죠.

마침 마당에 나와 빗자루질을 하고 있던 민박집 주인은
레너드 요원을 발견하고는 조금 놀란 듯 보였어.
"조···조사는 다 했어? 그 고양이는 뭐야? 나 고양이 알레
르기 있단 말이야. 설마 룰라송한테도 보여 준 건 아니지?"

레너드 요원은 당황하는 민박집 주인에게 말했어.
"우락부락한 근육 하며, 흰머리 사이로 보이는 검은 머리.
왜 할머니가 아닌데 할머니인 척 민박집을 운영하고 있는
거죠? 이제 진짜 정체를 말해 보세요!"

남자가 도망간 곳은
마을 깊은 숲속이었어.

나와.
내가 녀석들을
따돌렸어.

네 말이 맞았어.
녀석들이 우리가 가짜인 걸
알고 있더라고.

거봐. 땅속으로
미리 도망치길
잘했지.

"미로에 레너드를 계속 잡아 뒀어야 하는 건데, 웬 두더지
가 나타나는 바람에!"
가짜 룰라송이 아쉬운 듯 중얼거렸어.

작전에 성공하면 평생
룰라송 몸으로 살아갈 수
있다고 했는데.

다른 곳으로 피하자.
이미 여기도 알고 있을지 몰라.
여기에 진짜 룰⋯.

여기
숨어 있었구나!

미스터리맨은 땅속에서 남자를 따라왔던 거야. 미스터리 맨이 큰소리로 외쳤어.

남자와 가짜 룰라송은 고양이를 피해 도망가려 했어. 그런데!

"들쥐에게 속았으니, 들쥐로 해결했지. 이 스마트 워치에는 동물을 유인하는 향기 기능이 있거든."

미스터리맨의 연락을 받은 레너드 요원도 숲속으로 달려 왔어.

이제 도망갈 곳은 없어 보이는데?

어서 정체를 밝히시지!

어! 허니비 비행선이다!

레너드 요원과 룰라송 요원, 미스터리맨의 주의를 돌린
남자는 꽁무니가 빠지게 도망갔어.
"앗! 거기 서!"
레너드 요원은 남자를 쫓으려는 룰라송 요원을 말렸어.
"그만둬, 룰라송. 저 남자, 허니비인 것 같아."

민박집에서 이런 걸
발견했거든.

"내가 다리를 다쳐서, 괜히 따라갔다가
위험에 처할 수도 있으니 일단 시크릿 에
이전시에 보고하자."

미스터리 요원 보고서

사건명 : 룰라송 요원의 손톱을 먹은 들쥐

사건번호 : KT-R579517   사건장소 : 대한민국 부여

★ 사건결과 ★

부여에서 미스터리 서클이 발견되었다는

제보를 받고 출동했다.

조사 결과, 미스터리 서클이 아니라 미로였다.

문제는 민박집에 있던 들쥐였다.

들쥐가 손톱을 먹고 룰라송 요원으로 변신한 뒤,

우리 비밀을 알아내려 했다.

이 또한 허니비가 벌인 짓으로 추정된다.

그나저나
레너드 요원님
말이 맞았네요.

무사해서
다행이야,
룰라송.

어쩐지 방에 손톱깎이가
있는 게 수상했어요.
이제 절대 밤에 손톱 깎지
않을 거예요.

휴

덜 덜

룰라송 요원은 문득 궁금해졌어.
"그런데 레너드 요원님, 저 들쥐가 가짜라는 걸 어떻게 아신 거예요?"

아, 그게… 김밥을 너무 잘 싸더라고.

진짜 룰라송은 옆구리 터진 김밥만 싸는데 말이야.

네에?

한편….

작전에 실패하다니! 치치!

두더지 같은 녀석이 나타나는 바람에…. 게다가 룰라송이 요리를 그렇게 못하는 줄은 몰랐습니다.

버럭

★ 라인프렌즈 미스터리 동화 ★

비밀요원 23 레너드 권 미리보기

사람을 공격하는 무시무시한 식물의 등장!

정체 불명의 공격을 받고

시름시름 앓기 시작하는 사람들.

사람들을 공격한 괴생명체는 밤나무?

레너드 요원과 룰라송 요원은

밤나무 숲으로 향하고

놀라운 광경을 보게 되는데!

도대체 밤나무 숲에서

무슨 일이 있었던 걸까?

다음 이야기도 기대해 주세요!!

함께 읽으면 좋아요!
비밀요원 레너드 시리즈

초등 교과 연계 도서

과학

미스터리 사건 속에 숨겨진 과학
과학 수사로 재미 있게 배우는
과학 학습 만화

국어

배꼽 잡고 웃다 보면 문해력이 쑥쑥
맞춤법, 속담, 고사성어, 관용어
초등 필수 어휘 수록

흥미진진 신나는 게임 스토리북

추억의 놀이로 즐기는 신체 활동 체험 동화
흥미진진한 추리 이야기와 신나는 퀴즈 게임으로
쑥쑥 키우는 사고력과 관찰력

독자 설문 이벤트

QR코드로
독자 설문 이벤트에
참여해 보세요.
추첨을 통해
소정의 상품을
드립니다.

퀴즈 정답

- 12~13쪽 : 레너드 요원이 타려던 기차를 찾아 봐!

- 34~35쪽 : 기차 복도에서 달라진 것을 찾아 봐!

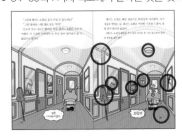

- 65쪽 : 방에서 룰라송 물건을 찾아 봐!

- 72~73쪽 : 땅속 미로를 탈출해 봐!

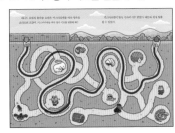

유령 기차에서 탈출하라!

글 박설연 그림 김덕영

초판 1쇄 인쇄 2025년 1월 3일
초판 1쇄 발행 2025년 1월 22일

펴낸이 김영곤

책임편집 권정화

프로젝트2팀 김은영 김지수 이은영 우경진 오지애 권정화 최윤아 디자인 윤수경

아동마케팅팀 명인수 양슬기 최유성 손용우 이주은 영업팀 변유경 김영남 강경남 한충희 장철용 황성진 김도연

IPX 강병목 임승민 김태희

펴낸곳 (주)북이십일 아울북 출판등록 2000년 5월 6일 제406-2003-061호

주소 (우 10881) 경기도 파주시 문발동 회동길 201

연락처 031-955-2100(대표) 031-955-2441(내용문의) 031-955-2177(팩스) 홈페이지 www.book21.com

ISBN 979-11-7117-979-4 (74810)

Licensed by IPX CORPORATION

KC
- 제조자명 : ㈜북이십일
- 주소 및 전화번호 : 경기도 파주시 회동길 201(문발동)
  031-955-2100
- 제조연월 : 2025년 1월 22일
- 제조국명 : 대한민국
- 사용연령 : 3세 이상 어린이 제품